KB156238

그래도 우담바라는 핀다

사임당시인선 8

그래도 우담바라는 핀다

초판인쇄 | 2014년 8월 20일   **초판발행 |** 2014년 8월 25일   **지은이 |** 문인선
펴낸이 | 배재경   **펴낸곳 |** 도서출판 작가마을
등록 | 2002년 8월 29일(제 02-01-329호)
주소 | (600-012)부산시 중구 중앙동 2가 24-3 남경 B/D 303호
   T.(051)248-4145, 2598 F.(051)248-0723 E-mail:seepoet@hanmail.net

국립중앙도서관 출판시도서목록(CIP)

그래도 우담바라는 핀다 / 문인선 시집 지은이 : 문인선. -- 부산 : 작가마을, 2014
   p. ;   cm. -- (사임당 시인선 ; 8)

ISBN 979-11-5606-017-8 03810 : ₩ 9,000

한국 현대시(韓國 現代詩)

811.7-KDC5
895.715-DDC21   CIP2014023414

※ 이 도서의 국립중앙도서관 출판예정도서목록(CIP)은 서지정보유통지원시스템 홈페이지
(http://seoji.nl.go.kr)와 국가자료공동목록시스템(http://www.nl.go.kr/kolisnet)
에서 이용하실 수 있습니다.(CIP제어번호: CIP2014023414)

한국문화예술위원회

부산광역시
BUSAN METROPOLITAN CITY

부산문화재단

※ 본 도서는 2014년도 부산문화재단 지역문화예술 육성지원사업의 일부 지원으로 발간되었습니다.

사임당 시인선 ⑧

그래도 우담바라는 핀다

문
인
선

시
집

도서출판
마음

시여

누군가의 가슴에

첫사랑처럼

남을 수는 없을까.

2014년 여름

문인선

2 부

3 부

4 부

1부

감자와 무

감자와 무가 나란히 있는 밭
푸른 잎들이 무성타
무 잎은 장수식품이나
감자 잎은 독성이 있다

무는 쉽게 절망하지 않으나 쉽게 바람이 나기도 한다
감자는 절망하는 한이 있어도 바람나는 법은 없다
무는 하얀 속살을 자랑하며
제 다리에 난 잔털마저도 지우지만
감자는 줄줄이 새끼를 달고 나온다

멜라닌 색소도 없는 옆집 순이 엄마
홀로
얼마나 힘들었을까

어쩌니

그대 앞에 서면 나는 늘 허물어졌다
이성을 찾으려고 각별히 신경 쓰지도 않았다
누구의 유혹이 먼저였을까
더러는 그대를 향해 달려가기도 했다
신비한 마력을 지닌 그대
자주 초대하기도 했다
하이얀 무명 식탁보를 깔고
장미꽃을 꽂았다
장미향보다 진한 그대의 살냄새
허파 속에 숨은 미풍까지 느낄 때
서로의 눈빛이 은밀히 빛나기도 했던 우리
갑자기
하늘이 잿빛 커튼을 치고 얼굴 가릴 때
티브이가 떨고 있을 때
그대의 음독 사실을 알았다
속눈썹에 걸리는 이슬방울
12월의 카렌다처럼
야위어갔다

그대가 먹은 건 세시움
토해 낼 수도 없다는 의사의 진단

처방전을 찾아 쉬임 없이 출렁거리는 바다
발톱 밑이 까맣다
어머니의 손길 같은 햇살이
애처로이 어루만지고 있다

경주 남산 미륵이

소용이 없었다
새들이 노래하고
꽃들의 깔깔대는 웃음에도
묵묵부답
어떤 이는 감정이 없다고 하고
어떤 이는 생명이 없다고 하였다

어느 날
바위처럼 말 없는 석공이 다가갔다
눈썹을 다듬고
입술을 그리고
코를 세우고 귓불도 쓰다듬고
서로의 심장이 가까이 닿았을까
숨결과 숨결이 서로 통하는 것을 느꼈다

그 뒤로
입가에 미소를 짓고 있는 바위
청탁도 듣나 보다
두 손 모아 뭔가 간청하는 이들 있다

*16

앵두

송광사 가는 길
한적한 국도
외진 산자락
앵두나무 한 그루

얼마나 많은 날들을 발돋음 했길래
키는 저리도 커서
저녁노을 삼킨 볼
아침 이슬에 고이 씻어
오늘은 붉은 앵두 알알이 매달고
누구를 기다렸을까

나는 자꾸 가슴이 뛰네

강추합다

출근 길 운전 중에도
회의 중에도
강의 중에도, 한밤중에도
손이 몸과 함께 다니는 동안은
때를 가리지 않는다
일주일이 걸리던 우편 시대가 아니다
회답도 즉답을 요구한다
스피드 시대, 문자세상
ㅋㅋ, ㅎㅎ, ㅠㅠ
했었여, 했습다
짧아서 좋고
정중하지 않아도 된다
바쁜 세상 좁은 지면
시간 절약 경비 절약
경제대국 되겠어

세종대왕님

*18

용서하세여

저도 '강추' 함다

바위와 참새, 그리고 나팔꽃

푸른 잔디밭 한가운데

바위 하나 돋보였다

그러나

부동불감不動不感

세상은 바위가 그런 줄 알았다

가납사니 참새 떼들은 마음 놓고 바위 위에서

다떠위다

곁에 있던 한림새 나팔꽃도

바위를 종애 골리느라 발바닥을 간질이고

목을 휘감고

나는 네 소리가 귀 고프다 귀 고프다

나팔을 불어대었다

장대비 쏟아지고 우레 치는 날

서로 바위 밑에 숨으려고 아귀다툼이다

그때

바위가

입을 한껏 벌려 하품을 크게

하였다

북천역에서

세월은 녹슬지 않나 보다
느릿느릿 완행열차
푸른 이명산 아래
코스모스 사이로 빠끔히 내다보이는 북천 간이역
자꾸 달아나려는 듯 하늘은 높이 떠 있고
저마다 별빛 같은 사연들을 가슴에 안고
북천의 냇물이 휘돌아 가는 길을 따라
메밀꽃 밀밭 길 달빛을 밟으며 걸어간다
코스모스 유혹의 눈빛에 감전될 때
나는 너를 잊어버리고
온몸으로 달려오는 가을의 뜀박질 소리에
세상이 내게로 왔다

순천만에서

마을에 불이 하나 둘 켜지는 사이
어둠은 슬그머니 강물을 보듬고
나는 아직 갈대숲에 안겨 있었다

총총히 가라, 총총히 가라
청개구리 외치는 소리
자꾸
머물고 싶었다

그날 밤
푸른 갈대가
눈앞에서 자꾸 흔들렸다

나도 흔들렸다

거울이 웃다

동사무소 교실 빌려
예비 시인들에게
시를 가르친다

알레고리는 일 대 일
상징은 일 대 다多
그러다가 문득
나도 상징처럼
돈 잘 버는 남편도 한 명 더 있었으면
좋겠다고 생각한다
그러면 더러
동장회의 있다고
쫓겨나는 일 없어도 될 텐데…

벽면에 걸린 거울이 피식 웃었다

수도꼭지에는 달이 없다

초이레 열나흘이면
어머니는 달을 이고 오셨다
찰랑찰랑 우물에 담겨 있던 달

나도 어머니의 달을 보려고
초이레 열나흘이면
드무에 물을 채운다
아무리 채워도 달은 보이지 않고
청강제, 방청제에
염소鹽素 냄새만 둥둥
떠 다닌다

25층 아파트 수도꼭지에는
달이 없다

생각이 있다

이름표도 없는
생명체 하나
창틀에서 놀고 있다
0.1 Cm
저 작은 체구에 날개를 달고
제 키의 열배를 살짝 살짝 뛰어넘는다

160 Cm나 되는 나는
내 키 반도 뛰어넘지 못하고
온종일 생각 하나를 움켜쥐고
머리까지 싸매고
끙끙끙 끙

저 작은 머리도 생각은 있어서
나를 보곤
한심타! 한심타!

박자까지 맞추며 뛰는 것 같아

얼굴 붉어진다

젖병등대

아이들의 울음소리가 들리지 않는 마을
늙은이들의 헛기침 소리만
뒷산에 걸린다

수평선 너머 계신 삼신할머니
행여,
돛배에 아이들 한가득 실어 오려나

바닷가에 나앉은
애절한 저 눈빛
젖병 들고 깜빡인다

나를 찾아 주세요

가슴을 만져봅니다
꼭꼭 눌러도 보고
아가의 볼을 어루만지듯 살살
쓰다듬어도 봅니다
소용이 없습니다
여전히 흰 눈처럼 쓰립니다
울기 시작하면 3백 번을 우는 귀뚜라미도
밤에만 우는데
가을 하늘은 어쩌자고 저리 푸르고
단풍은 무엇 땜에 저리 붉어서
내 눈썹을 밟고 지나가는 이
그늘로 난 작은 길을 걸어 함께 갔나요
자동차는 집으로 오는 퇴근길을 달리는데
그 안에 내가 없습니다

그리움이여
나를 찾아 주세요

노점상의 그 할머니

아파트 입구 골목길
노점 차린 할머니
두 달 전도 한 달 전도
회색바지 노랑바지 파랑바지
바지만 여섯 장
햇살 좋은 그늘에 나와 앉아
30년 전쯤엔 나도 인기 있었다고
눈을 깜빡거려 보지만
아무에게도 관심 끌지 못한다

고개를 늘어뜨린 할머니의 허리만
날마다 날마다 활처럼 굽어간다

장롱 속에 갇혀 있던 옷들의 성화에
못 이겨 그냥
저들을 데리고 나온 걸까
저것들이
숟가락에 담길 밥이어야 하는 걸까

그 앞을 지날 때마다 내 마음이 서성댄다
자꾸 그 할머니가
내 뇌리를 붙들고 따라오고 있다

호기심과 소부

팔팔한 사람들끼리의
만남이란 말일까
육자배기 같은
칠칠한 대화도 좋다는 말일까

1588
1776
만남+대화

차가 천천히 밀리고 있는
온천천변 벚나무 사이에 서 있는
전봇대 옆구리에 붙여진 팻말을 해독하는 동안
온천천 물도 누구를 만나러 가는지 팔랑팔랑
수영만 쪽으로 가고 있었다

저녁 뉴스에서 대통령을 비난하고
아이들은 "소부"라고 하였다
'작은 부자'를 그렇게 부르느냐고 묻는 나에게

아이들이 키득거렸다

그랬어
나도 '소부'였어

국화는 나를 불러

오오
날 부르는 소리
조을던 나를
천둥처럼 깨우는 네 소리
안개처럼 빛처럼 순식간에 스며들어
온몸의 감각을 일으켜 세워버린
견딜 수 없는 이 연민은
무엇인가
너와 나
그 오랜 옛날
중국의 황실에서 화려하게 만났더냐
일본의 황실에서 숨죽이며 만났더냐
신라적
어느 소박한 농부의 집에서
우리 서로 순정하게 만났더냐
그 애절함이 피처럼 통절하고
그 화사함이 미소처럼 피어나니
네 깊은 영혼의 소리여

내 심장을 흔드는 소리여

천년의 그리움을 녹여서 한꺼번에 토하는 소리여
얼굴이 노랗도록 불러대는 내 영혼의 향기여

나는 그만
네 앞에서 말뚝이 된다

방생

풀잎만 잡수고 사는 스님은
어디서 저 어린 도미를 사오셨을까
방생 가잔다

피멍처럼 푸른 바다
파도가 일고
'미안타 미안타'
스님의 독경은 파도를 탔다

눈치 빠른 갈매기들
공중에서 끼룩끼룩 엄호하며 원무를 춘다

심청이가
붉은 치마로 얼굴을 가리고 뛰어내렸던 인당수
어린 도미는 눈을 크게 뜨고 뛰어내려야 한다
밤새도록 땅을 치며 울부짖어 퉁퉁 부은 그 눈
이제
크게 뜨고 멀리멀리 달려야 한다

햇살이
윤슬로
내려앉는다

내 입은 꽃이다

자신의 뇌 속에 송이송이 꽃을 그려 넣은
학생이 있었다 자신의 뇌 구조 탐구시간
순간
내 귀와 입과 눈에 꽃이 피는 것을
느꼈다
아침 일곱 시밖에 안 된 이네들
나는 몇 시인가?
거칠고 헝클어진 세상
방향 잃은 가시 돋친 언어들
어쩌다 내 앞에 한두 알 떨어져도
내 입은 꽃이라는 것을
잊어서는 안 되었다 모진 바람
질식할 것 같은 폭우 앞에서도 꽃은
날선 가시로 변한 적 없다 꽃이기에
향기는 더욱 곱다

나는 지금
향기를 만드는 중이다

함부로 이름을 붙이지 마라

너는 동물인가

고슴도치처럼 털이 빳빳하다
검은 고슴도치처럼 푸르다

부드럽다
따뜻하다
길다
가늘다
관념을 버린 지 오래

저 날카롭고 억센
털의 자유, 털의 개성
네가 그렇고
고슴도치가 그렇다

소나무도 동물인가

게오네스여 책임져라

초등학교 때는 산수를 잘했다
중등학교 때는 수학을 잘했다
고등학교 때는 우주의 섭리도 풀고
덧셈은 유치하다 아예 하지 않았다

아 그래, 대학에선 그런 걸 배우지 않았지
게오네스의 철학이었나

"있는 것으로 족한 존재"*
작은 아파트에
한 줌의 공기로도
늘 가슴은 풍요롭고 풍족하였다

햇살이 뜨겁던 날
문득 느끼네
성산포도 그 바다도 나는 아니네
나는 아니네

*40

어쩌나
늘 뺄셈만 하고 산 나

게오네스여
당신이 책임져라

*이생진의 시, 「그리운 바다 성산포」에서

저 꽃도 부처님이냐

부처님은
어머니 마야 부인의 허리를 뚫고 나왔다지
그럼,
저 꽃도 부처님이냐

벚나무 옆구리에
생살을 찢고 나온 벚꽃 한 송이
밖을 향해 배시시 웃고 있다

지나는 시인들
말들이 많다
그녀의 옆구리는 누가 찔렀나
사나이의 휘파람 소리가 났다는 둥
밤새 촉촉한 발자국이 남았더라는 둥

무거운 가방을 둘러멘 어떤 이는
흥신소에서 나왔는지
슬쩍슬쩍 셔터를 눌러댄다

2부

풍경 1

마을을 가로지르는 개울물 얼었다고
엉덩방아 찧었다고
투덜대며 할머니, 집으로 돌아가는데
저만치서 가만히 지켜보던 바람
슬그머니 다가와 위로하는 양
치마를 슬쩍슬쩍 들었다 놓았다 하는데

히죽히죽 웃고 있던
길가 담 너머 외양간 늙은 황소
못 본 체 큰 눈 내리뜨고 딴청 부리고

룰루랄라 썰매 들고 나오는 손주 녀석
빨간 얼굴에 콧물도 룰루랄라

조심하라고
찡긋 윙크하는 인정 많은 오후의 햇살

우레와 같은 적막

묘적암 찾아보라

스님의 말씀 좇아

윤필암 꺾어 돌아

깊은 숲 오름길 찾아드니

찾아오는 이도

지키는 이도 없는

적막을 수도하는

긴 세월 속 늙은 암자 하나 있다

주련도 없는 기둥엔

푸른 산 빛을 품은

작은 거울 하나

빛바랜 소나무 쪽마루엔

불경 대신

천년의 소리 머금은

무쇠 종 하나

울지 않기에

더욱

가슴 울리는

─黙如雷 일묵여뢰

서정주님께

연꽃아
나는
만나고 가는 바람이 아니라
만나러 가는 햇살이고 싶다

한두 철 전 만나고 가는 바람이 아니라
지금
만나고 있는 햇살이고 싶다

내일이 윤슬처럼 비치는
언제나 오늘이고 싶다

그 느꺼움으로
나를 일으켜 세우는 고결한 물결 위로
흠뻑 쓰러지고 싶다

찔레꽃 필 때

담쟁이 흐드러진 찔레꽃 보는 것은
동무하고 놀던 아이 해거름
집으로 돌아가는 그리움 같은 것

내 어릴 적 우리 집 찔레꽃도
울 언니 첫사랑만큼이나 붉었었지

담 너머 옆집 용이
눈만 뜨면 내게 놀러왔던
장미꽃 꺾어주면
그 아일 사랑해야 되는 줄 알아
그 많은 장미꽃 한 송이 꺾어 주지 않았다
시집은 멀리 가야 잘 산다는 앞집 할머니 말씀
속으로 숨겨 듣고
커서도 기어이 먼 곳으로 시집 온 나

우리 집 옆집 그 용이는 어디서 살고 있을까
나를 좋아하던 그 아이

내게 올 때면
열 번이고 스무 번이고 코를 닦아서
코밑이 빨갛던 그 아이
찔레꽃이 피듯
무더기무더기 그립다

그 소리가 듣고 싶다

뒷산 두견이
진달래꽃 피우는 소리
앞들엔
청보리가 익고
자운영 피는 핑크빛 소리

여름이면 땅속에서
감자가 익고
장미가 담벼락을 끌어안는 붉게 떨리는 소리
옆집 총각 가슴 타는 소리

가을 하늘 발갛게 익으면 간짓대로 감 따는 소리
쏟아지는 별들을 주워 담는 풍년가 소리
곡간이 배부르다 들썩거리면
장독대 동치미 익는 소리에
가을이 다 간다고 처녀총각 부추기는 귀뚜라미 소리

저녁상에 둘러앉은

싱그러운 이야기에

뒷마당 밤나무 늦밤 벙그는 소리……

그늘에도 빛은 있다

빛 없는 곳이 어디 있을라고
그늘에도 빛은 있을 거야
욕망은 그늘을 만든 나무처럼
죽죽 자라
추위에 떠는 새는
눈동자가 자꾸 공처럼 둥글어 갔다

바람이 세차게 불어
잎새가 흔들릴 때 얼핏
현기증처럼 빛을 보았다
순간
새는 힘껏
솟구쳐 보았다

푸른 하늘이 보였다
한없이 넓은 하늘
눈이 멀 듯한 충격에
반사적으로 날개를 펼쳤다

무작정 앞으로 날아갔다
바람이 뒤에서 조용히 불어왔다

섬진강을 걸어 두고

벚꽃 흐드러진 섬진강변
작정하고 찾아갔네
마릴린 먼로의 웨이브진 곡선
햇살 머금은 섬진강이 눈부시게 누워 있고
지리산 산그늘도 내려와 섬진강을 안아 주네
백학은 날개 저어 나그네를 반길제
이때다 놓칠세라
몽땅 떼어 메고 돌아왔네

내 것인 양
우리집에 걸어 두고
날마다 들여다보네

어제는 꽃향기에
벌들이 날아오고
오늘은 물 냄새 바람소리
아, 내 고향이여

네 안에 내가 살고
내 안에 네가 사네

연꽃에게

천상에는 있을까
저 눈부신 순수

지상의 작은 티끌도
저만치서 쓰러지는
현대과학보다 먼저
나노공법으로 무장을 한 너는
하늘에서 왔구나

사뿐히 앉은 물 위
흔들리지 않으려고
땅속에 뿌리를 박고

첫새벽에 목욕하고
맨 먼저 아침을 열던
내 어머니 닮은
최초의 순수다

지상 최후의 순결이여

아, 가슴 시리도록 순결한 눈물로 빚은
내 어머니의 향기여

궁남지 연꽃에게

부여로 가는
나는
한 줄기 바람

서동왕자 찾아가는
선화공주와도 같이
궁남지로 달려가는
한 줄기 햇살

연꽃아
네 무엇이 내 마음 끌어
이리도 발걸음 급하게 하는가

밤새워 달려온 나는
귀먹은 바람
눈먼 햇살

어느새 너에게 갇혀

*58

전설 같은 사랑을 꿈꾸는 나
내 영혼의 순결한 날개 위에
너를 앉힌다

고결한 너 분다리
궁남지 연꽃아

그리움

밭일 가셨던 어머니
밭둑에 열린 산딸기 몇
호박잎에 싸 오셨지요
피곤도 잊고
내미시던 어머니는
하이얀 찔레꽃 같았지요
어머니
지금도 그 산 밭둑에는
산딸기 붉게 붉게
익고 있을까요

한여름 더위에 익어
빨간 산딸기 되신
어머니
얼마나 땀을 흘리신 줄도
모른 채
나는
좋아라 딸기만 먹었지요

봄은 감정 조절이 안 되고

햇살에 실눈을 반쯤 뜬 새들
정체성을 잊은 채 깔깔대고
누가 꽃의 목덜미를 간지럼 태우는지
새보다 더 호호댄다
때마침 찾아온 나비
저들의 가벼운 감정을 진정시켜 주려는 듯
날개로 살폿 감싸 보지만
뒤에서 부추기는 바람
대놓고 꼬드기는 햇살
꽃들이 연신 속가슴 열어 보이는데
어쩌나 나는 어쩌나
자꾸 발이 허방을 걷는 듯
겨드랑이 밑은 풍선처럼 부풀어
몰래 만져보지만 날개가 돋고 있다

아이구 이젠 나도 모르겠다

방생을 하며

그 때
제 두 다리를 열심히 흔들어 대는 갈매기를 보았다
날개만 편다고 나는 것이 아니었다
그래
내가 방생한 어린 도미는
지느러미를 얼마나 흔들어야
먼 바다를 헤엄쳐 갈 수 있을까

달아나라 달아나라
멀리 멀리 달아나라
외쳐대던 스님의 독경소리
파도는 하루에 70만 번이나 제 몸을 쳐서
소리를 낸다는데
도미야 어린 도미야
너는 얼마나 많이 네 몸을 흔들어야
살아날 수 있을까

흔들어라 흔들어라

지느러미를 흔들어라

죽도록 흔들어라

그래야

네가 사는 길……

가시연꽃

들킬세라 꼭꼭
가시로 무장하고
숨겼던 내 마음

백 년입니다

기다리는 당신이 지칠까 봐
이제 내 마음 보이렵니다

꽃이

포르르 날아볼까
파르르 빛나볼까
배시시 웃어볼까
고민고민, 생각생각 끝에
꽃으로 피어난 나

어둠 속에 떨고
바람 불면 바람 맞고
비오면 온몸으로 비를 맞아도

예쁘다 예쁘다던 사람들
우산 쓰고 지나간다
앞만 보고 지나간다

그리움이 터지다

제자들은 나만 보면 야단이다
시력이 좋다고

봄이 되자
눈앞에 어른거리는 것이 있었다
아지랑이냐고
봄에게 물었더니
아니란다
의사에게 물었더니
실핏줄이 터졌단다

왜 그러냐고
의사에게
따져 물었더니
고개를 뒤로 재끼는 것을
삼가란다

어쩌나
그리움은 늘 뒤에 있는데……

봄이라고 하자

애당초 누가
가을 다음을 겨울이라고 했을까
겨울이라고만 하지 않았다면
눈이 와도 그 하얗고 뽀송뽀송한 눈이
얼지 않아도 되었으리

애당초 누가
높은 담을 쌓고 벽이라고 했을까
그러지 않았다면
담쟁이가 저렇게 힘겹게 기어오르는
생존전략을 세우지 않아도 되었으리

애당초 누가
그렇게 험한 이름들을 함부로 붙여서
쉽게 부른 걸까
봄이라고 하자
봄이라고 부르면
겨울도 미안해서 따뜻해지지 않을까

봄이라고 하자

벚꽃 길을 걸으며

아가야
보느냐

꽃잎은 지면서도
땅바닥의 허물을 덮어 주고 있다
뭇발길에 짓눌린 길의 아픔도 어루만져 주고 있다

저기,
흙빛 얼굴로 돌부리 차던 아이
어느새 꽃으로 핀다

보느냐
아가야

낙강과 백운

바다가 저기 있어 흐르는 게 아니다
너를 향한 팔백 년
긴 기다림 끝
백운을 만나게 하고
더딘들 어떠랴
흐르고 흘러서
다시 백 년 이백 년 끝에서
어느 시인을 만나게 하랴

백운아
그대를 만나러 낙강에 간다
여름날의 열여드레 달빛이
우리를 마중커든
낙강을 건너 푸른 악수로
나는 기꺼이
한 그루 청송이 되리라
백운을 머리에 인 청송
다시 천 년을 노래할 한 폭의 시가 되리라

*백운 : 첫 시회를 연 이규보의 호

차창에 빗방울이

무슨 생각하였을까
빗방울 하나
올챙이 흉내 내며 달린다
둘
셋
줄줄이 흉내 내며 따른다

무서워라
앞선 자여
하고 생각하는데

굵은 빗방울이
개구리 흉내 내며
퍽 하고 튀어 창틀을 넘으니
넷
다섯, 여섯
줄줄이 흉내 내며 뒤따른다

무서워라
힘센 자를 맹종으로 따르는 저 비겁을
생각하는데

비열해라
생각만 하는 나
생각하는데
어쩌나
또 ?!

그래도 우담바라는 핀다

내가 쓴 시는 늘 잘린다
꼬리가 잘리고
발가락이 잘리고
몸통 앞에 놓인 부사가 잘린다
오늘도 자르기를 좋아하는
재단사는
어김없이 가위를 들고 나선다

세금이 당당히 잘라가는 월급봉투
늘 모자란다는 듯 통째로 잘라가는 아내
주머니엔
그 눈빛이 매어달린 달랑 카드 한 장
그래도 한 달을 무사히 잘 살았다고
칠 할은 맹물인줄 알면서도
히죽이며 뱃심을 다해 긋는 카드
양주집 아가씨는 또 오라고 손짓하는데

아침에 신은 양말은 발가락이 잘라먹고

어제 산 구두코는 돌부리가 잘라 가고

몸통만 굴리는 시 따라

내 마음도 구르는데

또르르 내게로 굴러온

7살 딸아이 미소가

내 심장을 자를 때

와이셔츠 겨드랑이 핀 소금 꽃

우담바라로 다시 핀다

3부

아하!

아파트 주차장 옆 작은 숲이 있다
한 아저씨 숲을 향해 볼일을 보고 있다
당당히 버티고 선 저 다리
뒷모습이 흡사 람보 같다
해도 중천인데……

아하!
부끄러움도 눈을 마주칠 때구나

속단하지 말라

한 시골마을 고샅길 모퉁이
우두커니 서 있는 오동나무 한 그루
그 곁에 키 큰 전봇대
붉은 팻말 하나 허리춤에
차고 있다

까치집 허가지역
이곳 외 다른 지역에서
까치집을 보거든 신고 바람
　　　　-양산 시장-

앗, 뜨거워라

아침마다 외쳐대던 네 소리
주거의 자유를 달라는 줄
모르고……

그래
속단하지 말라
바람이 내 뒤통수를 툭 치고 간다

시의 소망

절벽에 서 있는 뒷집 가장에겐
나비처럼 날아가
날개 돋는 묘약이 되고
애절한 사랑과 이별한 옆집 여인에겐
슬그머니 옆구리가 되어 주고
아득한 사막인 듯 외로운 골방 할머니에겐
말동무 되어 주고
언덕을 오르는 책가방 멘 소년아
너에겐 등불이 되어 주마
아, 발등 부르튼 청소부 아저씨
발등이라도 어루만져 주는
미소가 되어 주고
여기저기 바쁘게 뛰어다니다가
알람소리에 깨어 보니
한 줄의 시를 들고 씨름하고 있더라

봄날이었다

해

우리의 일거수일투족을
카메라에 담는다
하루의 일과가 끝나고
집으로 돌아올 때쯤
그도 하루 일을 마쳤다는 듯
슬그머니 모습을 감춘다
저 강렬한 플래시 때문에
셔터 누르는 소리 들리지 않는다
그의 강렬한 눈빛 때문에
쳐다보지도 못 할 때
그는
이때다 하고 교묘하게
우리를 찍어 댄다 그건
처음부터 그의 일상이었다

그에겐 큰 눈의 렌즈가 있다는 걸
아무도 눈치채지 못한다
내일도 모래도

우리는 찍힐 것이다
아무것도 모른 채

귀뚜라미 칩

어쩌나
시어머님 변하셨네
아들을 키웠노라
며느리들에게
대단했던 기갈
팔순을 잡수면서
귀에 귀뚜라미 칩 하나 다시더니
아이처럼 유순하다
밤낮없이 드라마만 보면서
내 손을 잡아끌며 함께 보자신다
저 여자는
지독하게 시에미 노릇을 한다고
못됐다고 설명까지 덧붙이신다
"아, 그래예,
어쩌겠습니까
아직 시어머니가 젊어서 그러겠지요"

귀뚜라미 칩 하나

귀에 꽂아 드릴 때까지
저 며느리도 참아야겠구나
생각는데

서쪽으로 흘러가는 흰 구름
부처님 미소를 창틀에 슬쩍 흘리고 간다
다 한때라는 듯…

누가 무욕을 말하는가

백 년을 자란 소나무를 베어내
기둥을 삼았다
넓은 경내
높은 법당

천 년을 앉은 그 자리
잠시도 내어 준 적 없는 부처님
비오는 산사
법당 문을 열고
실눈으로 내려다본다

도량 귀퉁이
창포 잎 풀잎 사이
민달팽이 한 마리
비 맞으며 떨고 간다

가지려 한 적 없기에
가진 건

아무것도 없다 민달팽이
여린 알몸 가릴 누더기 하나도
그 작은 몸
비바람 피할 한 치의 처마도

무욕을 말하던 부처님
손을 들어
붉혀진 얼굴 가린다

고향 소식

아파트 베란다에 매화 한 그루 심었습니다
아침에 물 주고 저녁에 거름 주었습니다

쉬엄쉬엄 자라더니 가지가 한쪽으로만 자꾸 뻗었
습니다
꽃도 그 가지에서만 봉오리 맺혔습니다

수형이 예쁘지 않다고 탓을 할 때는
애처로이 눈물방울 맺히면서도 한쪽으로만 뻗는
그 고집

고향 소식 품고 달려온 편지 한 통
펼치는 순간, 일제히
뽀얀 두 뺨을 내밀어 애련한 향기 한가득 터뜨렸습
니다

그것이었습니다
저도 고향이 그리워서

제 고향 쪽으로 고개를 끼억끼억 내민 거였습니다
관절이 빠지도록 두 팔로 안테나를 세워보는 거였
습니다

나도 문득
섬진강 총각이 그리워졌습니다

사람과 사람 사이

한라에서 백두까지
온통 초록인데
그 속에 인간은 어찌
붉고 푸르기가 다른지
여기도 저기도
사람과 사람 사이

철조망 하나씩 치고 있다

둥글었으면

땅에 뿌리를 둔
것들은 둥글다
사과가 그렇고
복숭아가 그렇고
동백꽃이 그렇다

사람의 뿌리는 어디길래

좀
둥글었으면…

해답을 묻다

새벽마다 바다가 출산의 산고를 치르고 나면
금실 같은 햇살을 부려 놓는 곳
일명 토끼꼬리 눌러앉은 등대 하나 있다
부지런한 파도는 물빛을 씻어내어
속살이 환히 보이는 바다

초청장이 없어도
해운대를 거쳐 송정을 지나
해안선을 따라 부지런히
자동차만 데리고 나타난 여인
숨겨 논 애인처럼
바다 건너 마중 온 바람과 포옹한다

주고받는 술잔 없어도
헝클어진 세상사 털어놓기 좋은 바다
갈림길에 서성이던 발걸음
등대에게 해답을 묻는다

그게 인생이란다

갈매기 공연에
흥겹게 일어서는 파도
바다를 쉬임없이
마셔대는 소라껍데기
발그레 취기 도는 서녘하늘
등대의 윙크에도 일어설 줄 모른다

웃음

내 생일 때면
어머니는 삼신할미께 비셨다
생일상 차려 놓고
웃음을 연하烟霞, 연화蓮花, 연해淵海, 戀愛처럼 살게
해 달라고

기도는 효험이 있었다
나는 늘 웃으며 컸다 웃는 아이

어른이 되어서도
連하여 웃을 일 있어
고요한 산수의 경치처럼
고요한 마음 밭에 웃음을 머금고
연꽃의 맑고 향기로운 마음으로
계향충만戒香充滿을 꿈꾸며
넓은 바다의 마음에 잇대어
웃음을 연애처럼 살아간다

아들의 생일 아닌 시험 치는 날
우리 아들 활짝 웃을 수 있게
해 달라고
삼신할머니 대신 부처님 앞
웃는 아이 엄마 되어
두 손 수줍게 합장한다

부활

인간 세상 그리웠을까
머나먼 수궁에서 온
최후의 고결함

신성함이 몸에 밴 너는
깊은 바다를 닮은 푸르고 둥근 잎에
사뿐히 발을 디뎌
긴 목 뽑아 올렸다

지나던 까치 떼들의 술렁거림
소년은 눈이 빛났다
뚝!
햇살도 번개에 베이고
바람은 심장이 멎는다
저 솟구치는 백색의 피
26세의 맑은 영혼 이차돈의 절규가
1486년의 시간을 무화시킨 채 하얗게 쏟아진다
소녀는 잽싸게 연민으로 감싸 안았다

흔들리며 어디론가 가는 동안도
생의 의미를 잃지 말아야 한다고
곧추세운 영혼
밤을 새는 인고
.... !

드디어
활짝 피어난 홍련

부활이다

* 이차돈의 순교는 527년이었다.

전쟁과 평화

비자나무가
콩란을 품고 있네
겨드랑이 가려워도 불평하지 않네

그 곁에 소나무
제만큼 크고 싶은 담쟁이덩굴
살금살금 기어올라 와
허리 휘감아도 뿌리치지 않네
비바람이 불 때는 손 내밀어 붙잡아 주네

소나무와 나란히 서 있는 느릅나무
발아래 질경이가 고개 쳐들어도
짓밟지 않네
발가락을 간질여도 웃고만 있네

오, 오오,
앞집 수탉, 옆집 수탉
서로 눈 부라리고 있네

독도를 자기 땅이라
아직도 우기는 일본
지지직 직
티브이가 떨고 있네

보시

수영강변 둑을 지나 좌신호를 받는 지점에 오면
빨간불이 잠시 머물다 가라 한다
그 순간을 놓치지 않는 군밤 아줌마
맛보기 군밤 두 알
손에 쥐고 창문을 내리라고 시늉을 한다

파는 이는 그 아줌마인데 누군가 사 주기를 바라는
사람은 나이다
두 알을 받아먹은 내 미안함이 조금은 상쇄되기를
은근히 기대하지만
오늘도 실패다

주머니에 홀로 있던 오천 원이 고민한다
시주함과 군밤 사이에서

보시를 하는 사람은 절을 찾는 사람도 고급승용차
를 끄는 사람도 아니다
되려

그 군밤 파는 아줌마라는 것을 절에 도착해서야 깨
닫는다

그 길로 곧장 달리면 법문을 설법하는 선원이 있다

연습은 없다

하루의 감독은 언제나
아침 햇살이다
오늘도 얼마나 많은 배우들에게
'레디 액션'를 외쳐댔을까

성냥갑에서
막 쏟아져 나온 분장한 배우들
그 속에는 아역배우도 있다
새순 같은 배우
토끼 눈빛이다
물오른 배우
저무는 배우
멍청한 돼지 눈빛
슬픔이 출렁대는 소의 눈빛,
저 매서운 레이저 같은 고양이 눈빛
더러는 하마의 미소도 보인다
무대나 배역이 달라도
감독은 늘 혼자다

그래서 가끔은 휴식이 필요하다

지친 날은

비가 왔다

그런 날은

우산들이 배역을 대신한다

부딪치고 날리고

아무래도 서툴다

달리던 자동차는 급브레이크를 밟아 보지만

흙탕물을 튕긴다

오늘의 주제는

그래도 연습은 없다

사는 게 어디 장난이더냐

백로의 웃음

하늘 문이 열렸는지 눈이 비처럼 쏟아졌다
고개 치켜들고 기세등등하던
남방유월의 나락논의 풀피도
비겁하게 숨어들고
회오리바람 일으키던 어설픈 티끌마저
폭설의 기세에 납작 엎드렸다

어수선한 세상은 말끔히 정리된 듯
백로는 날개를 펼쳐 한 바퀴 휙 두른다
빈 발자국만 따라 스쳐가는 시력 잃은 포수
백로는 마침 찾아온 바람과 크게 웃는다
저게 우주를 알기나 할까
그 웃음 저 호수 끝을 돌아 쩌렁거려도
못 듣는 이 있다

4부

바다가 걸어가네

바다에서 한 사나이가 걸어 나온다

저 작은 신발에 그 큰 바다를 담고

신발에서 자꾸 출렁거리는 바다

뿌그르 뿌그르 조개들의 노래 소리

뿌그르 출렁 뿌그르 출렁

백사장 위로 바다가 걸어가네

강

봄날이었어요

연분홍 꽃잎인 줄 알았지요

아련히 밀려오는 그 향기에 가슴을 반쯤 내민 채 눈을 지긋이

감기도 했지요

갑자기 소나기로 쏟아지더군요

흠뻑 젖어버렸지요 다 젖고 말았어요

우산이 없었지만 나는 왜

우산을 쓰고 싶지 않았을까요?

가슴이 조금 뜨거워 있었다는 것밖에는 알 수 없는 일이어요

지금껏 단 한 번도 비에 젖어본 적 없었던 내가 왜?

그때 마침 여름 끝자락이었을까요 태풍으로 몰아치더군요

마구 흔들렸어요 지금껏 튼튼한 줄만 알았던 내 뿌리가 흔들리고 있었어요

아니어요 뽑힐 뻔 했어요 혹시 뽑혔던 건 아닐까요?

나는 그만 정신을 잃고 말았으니까요 당신도 그래본
적 있으세요?

그것이 무엇일까요 그 바람은 어디서 왔을까요?

그 후

눈부신 물결 하나 내 가슴속을 왜 자꾸 출렁거릴까요?

그날을 위하여

검은 장화를 신고 다가갑니다
내 손에 호미를 보셨군요
심장이 철렁, 내가 주저앉습니다
미안하군요
돌아서서 진흙 속을 더듬는 내 손
눈을 질끈 감습니다

너무도 완벽한 당신
삼단 논법으로 분리해야 해요

온몸을 지탱케 했던 뿌리여
단맛과 짠맛을 함께 만나보세요
하나의 완성을 하기까지는
세상이 어디 그리 녹녹하기만 하던가요
어쩌나요, 태양 속으로 들어가는 느낌
당신의 그 하이얀 속살은 포기하세요

푸르름으로 하늘을 떠받치던 연잎이여

백옥 같은 접시 위에 우아하게 올려 드릴께요
저녁 식탁에서 귀한 손님을 맞아주세요

아, 나를 설레게 하던 님
냉동고에서 좀 기다려 주세요
여린 볼이 시리거든
연분홍 미소만을 생각하세요
집요한 상념 대신 향기 더욱 품으시구요

고상한 품격을 자랑하는 이들의 미감
당신을 두 손으로 공손히도 받들어
경배할 그 화려한 날을 위하여

희망 속으로

띵동
대문을 활짝 열었다
친구가 선물을 보내왔다
새해 첫날 소인이 선명하다
첫새벽
동해에서 건졌다고
푸른 물에 씻긴 해는
더욱 영롱하다
띵동
아예 대문을 열어 두었다
제자가 보내온 선물
강원도 계룡산에서 땄다고
잘 익어 붉고 고운 해
내 볼을 물들이더니
계룡산 산삼을 먹은 힘
점점 커져서 온 집안에 빛으로 가득
희망이라는 핵 하나 솟아올라
잠자던 생명을 깨우고

불현듯 가슴이 요동친다

태초부터 예견된

누군가가 보내온 청마의 울음소리

받기만 해 미안하다고

내일은 나도 나눠 주겠다고

채직을 들어 내 엉덩이를 쳤다

나를 태운 말

해 속으로

내닫는다

해가 문을 활짝 연다

불합리와 합리 사이

부처님 앞에 공양을 올린다
한 그릇의 공양
부처님 좌우에는 늘 지장보살과 관세음보살이 나란히
앉아 있다

염불이 끝나자 다시 그 공양은
신장 앞에 자리를 옮겨 놓는다
수많은 신장들
부처님이 먹다 남은 한 그릇의 공양
물론 먹은 흔적은 없다

이 불합리의 합리
이 간편함
공양은 받는 이보다 받드는 이의 편리함이 우선이다
아무도 이의를 제기하는 자 없다

신은 모든 걸 다 이해하나 보다

내 말 좀 들어봐요

남해안 고속도로 벽에 피어 있는 능소화
누가 저기다가 심어
저들의 행복을 빼앗아 갔나

다정한 속삭임을 잊은 지 오래다
큰 소리로 외쳐본들
쉴 새 없이 쏟아지는 자동차 바퀴들이
소리소리 다 빼앗아 달아난다

사랑을 어찌 소리소리 외쳐 말하리

그래도
목청을 돋구어야 한다
오늘도 목젖을 있는 대로 붉게 드러내고
나팔을 불어댄다

내 말 좀 들어봐요
내 말 좀 들어봐요

대왕굴참나무

한 번도 자리 뜬 적 없다
무심한 아이들의 장난에도
옹이는 생기고
이집저집 하나 둘
등불 꺼지는 밤이면
자신이 드리우는 그늘이
더욱 서늘해
낮같이 밝은 화려한
도회가 그리웠다
야심찬 젊은이들
하나 둘 대처로 다 나갈 때
마음 흔들려
그림자 길게 몇 번이고 따라가다
부챗살을 접듯 접었다 폈다
이 빠진 듯 시린 구멍 뚫린 가슴
그리움 하나 둘 쌓일 때마다
더욱 깊이 뿌리를 내렸다
계절은 변함없이 가고 오지만

일월이 굴리는 수레바퀴는
길지 않을 거라 믿었다
한 치 한 치 웅덩이를 파듯
뿌리를 깊게 내렸다
바람이 크게 불 때
쓰러지는 나무들을 보면서
자신이 튼튼한 나무라는 걸 알았다
누가 소리쳤다
여기,
대왕굴참나무가 있다

뒤에서 햇살이 빛나고 있었다

불편한 저 생존의 소리

작고 검은 포트에 씨 뿌려진 호박 모종
마음 놓고 뿌리 내릴 땅을 배당받지 못해
그대로 밭둑에 버려져 있다

어제 내린 비에 목을 축이고
불어온 저녁 바람에 가슴 달래며
아침마다 찾아주는 햇살에 감사하며
악착스레 잎과 줄기를 키우고 있다

외치지 않아도 들리는
삶의 터를 달라는
불편한 저 생존의 소리를
밭주인은 듣지 못하나

소문

나팔꽃은 꽃들만 들을 거라
마음 놓고 나팔 불고

개미는 아무도 못 볼 거라
땅속으로 기었다

그 뒤
나비 한 마리 여기 저기
팔랑 팔랑 날아다녔다

배산성지에서

영원히 함께하자 맺은 언약
배산 허리 휘어 감은 거칠산국 쌍가락지여
그대는 간데없고
누천년 비바람 풍파에 마모된
반지만 남았는가
걸어걸어 천 년 끝에 만난 시인은
허망히 쓰러져 간 산국의 뒷모습을
아득히 눈 감고 보노라
가슴이 무너져 내린 그날의 이별을
동공에 담았던 하늘
눈시울이 붉은데
흙과 나무들은 세월과 무슨 밀약 있었기에
저리도 푸르게 평화로운가

* 배산 성지 : 가야의 소국 거칠산국이 배산 8부 능선과 9부 능선에 쌍가락지
모양의 이중으로 쌓았던 성터. 부산, 연제구에 소재

너는 변하지 마라

내 고향 사람들은 재주도 좋아
높은 하늘에 수많은 별들을 뿌려놓고
고향의 여름밤은 아름답구나

사람아, 고향에 돌아온 날은 잠들지 말자
대숲에서 사운대는 옛 전설을 듣자
고향의 여름밤은 신비롭구나

언덕배미 휘돌아 흐르는 냇물아
밤새는 줄 모르고 반갑다 노래를 하네
고향의 여름밤은 정겨웁구나

사람아, 밤이슬을 새도록 맞아도 보자
평상에 둘러앉아 모깃불 쑥향을 맡아도 보자
고향의 여름밤은 향기롭구나

고향을 지키는 이명산아, 푸른 들판아
이 땅의 전설이 되도록 변치 말거라
흙냄새 풀 냄새 그대로가 좋아라

전복을 사려다가

수조에는 크고 작은 전복이 가득했다

전복 한 마리
실낱 같은 촉수로 전방을 살핀다
바다로 가는 길을 찾는다
그 무거운 집을 지고 철조망을 넘듯
맨몸으로 땅바닥을 포복하는 전복
수조의 벽만 넘으면 바다가 보이리라고
경비병의 눈을 피해 오르고 또 기어올라 본다

좌판에 올려진 전복은 제
고향이 그리워
온몸을 뒤틀고 있었다
돌아갈 수 없을 거란 두려움에
오장육부가 다 뒤틀리는
저 온몸의 처절한 몸짓

그랬구나

수조에 채인 물은 바닷물이 아니었다

전복의 눈물이었다

나는 그만

빈 손으로 돌아왔다

아리스토텔레스가 내 시집을 읽다

광복동 헌책방에 내 시집 한 권이
앉아 있다는 걸 우연히 안 뒤로
시집 낼 마음을 던져버리고 싶었던 적이 있다

누구였을까 내 시집을 헌책방에 판
그 헌책방 구석에서 나는 플라톤과 아리스토텔레스를
만난다
그랬구나
아리스토텔레스가 내 시집을 읽었구나
이곳 헌책방 구석에서
정신이 번쩍 들었다
내 시집 다 읽고 불쏘시개 하지 않고
헌책방에 보낸, 그 사람에게 감사하며
나는 다시 시집을 내려고 한다
이번에는
네오폴드 상고르가 내 시를 읽어 줄래나

돌아 나오다 문간 쪽에서 마주친 두보와 이백

싱긋이 고개를 끄덕인다

잘 묵고 잘 살아레이

마른 보리새우처럼 웅크리고 누워 계신 아버님
거미 같은 손으로 나를 잡고 우신다
부러진 나뭇가지처럼 말라버린 몸
낙엽처럼 얇아진 그 가슴속에도 눈물샘은 있었을까
눈물을 길어 올릴 힘은 어디서 나온 건지
자꾸 눈물을 흘리신다

위 없이 산 지 이십 년
잘도 버티시더니
"나는 안 되겠데이,
잘 묵어야 산데이"

며느리를 데리고 논가에 나가면
화안한 햇살 같은 미소를 입가에 피우시곤
이거 다 네끼다
우리 마을에선 제일 옥토다
나는 한 평도 물려받은 건 없다
내가 다 이룬 거다

그 말씀 속엔
자부심과 서러움이 늘 배어 있었다

쌀을 섬섬이 담으시던 그 논
아들 딸 오남매를 키우신 그 논
당신의 피와 땀과 곡진한 인생을 논두렁에 묻어 놓고
생의 유한은 서럽다

검불 같은 온기를 다하여
며느리 손을 자꾸 쓰다듬는다

수지를 맞춰라

시집을 와서 남편에게 들은 말
어린아이에게 타이르듯
수지가 맞아야 한다고
들어오는 돈보다 나가는 돈이 더 많으면 안 된다고
그때부터
나는 착실하게 수지맞는 삶을 실천한 사람

천 원이 들어오면 천 원을 쓰고
만 원이 들어오면 만 원을 쓰니 늘 수지가 맞았다

그러다가 그러다가
남편은 자꾸 배가 나오고
아이들은 신발이 커지는데
왜 집은 커지지 않나
날마다
나를 찾아오는
저 새 얼굴의 책들, 시집들
"게스트 룸을 주세요"

내 눈동자에 간절히 매달리는데

수지를 맞추라던 남편은
이제 수지에 대해서 말하지 않네

수도꼭지를 틀면
물은 언제나 나오는데
그것을 틀 꼭지가 없네
불법주차 딱지에다 과태료를 붙여 주는 승용차

수여! 너도 지처럼 살아라